Royal Festival Hall
on the South Bank

Poetry Library

Royal Festival Ha¹¹ ⌐¹ 5
London ⌐⌐

A KEEN NEW AIR

By the same author

THE RICHT NOISE
(Macdonald, 1988)

A KEEN NEW AIR

RAYMOND VETTESE

SALTIRE NEW POETRY

SCOTLAND
ALBA

SALTIRE
SOCIETY

© 1995 Raymond Vettese
© 1995 The Saltire Society

First published 1995 by
The Saltire Society,
9 Fountain Close,
High Street, Edinburgh EH1 1TF

ISBN 0 85411 063 1

The publisher acknowledges subsidy from the Scottish Arts Council towards the publication of this volume.

A catalogue record for this book is available from the British Library.

Typeset by
Hewer Text Composition Services, Edinburgh
Printed and bound in Great Britain by
Cromwell Press Ltd

For
MY WIFE

Acknowledgements

Acknowledgements for publication of some of these poems are due to the editors, publishers and proprietors of *Cencrastus, Chapman, Epoch, Lallans, Lines Review, New Writing Scotland, Scots Glasnost, The Scots Magazine*, and the anthology *The New Makars* (Mercat Press, 1991).

Contents

North

I think whiles o my granparents, whit they thocht, felt, as fresh
aff the boat they stood on the dock at Leith. A snell wun micht
hae blawn, shiverin the twa. Ahent, the heat o the Cassino area;
aheid this affen cauldrife place. It wis 1898, and like monie
anither Italian faimly, the Vetteses socht a new wey o life in
anither country, tho juist hoo sae monie chose Scotland I d'a
richtly ken.

The faimly settled in Edinburgh. My granfaither had a barrel-
organ, and a button-keyed accordion forby, and wi yon he ettled
tae coin siller f'ae the streets o Auld Reekie. And he did. Come
the hinnerend o bidin there, he'd got near a dizzen barrel-organs,
which he rented oot. Syne the faimly migrated again: tae the City
o Brechin (dinna ye daur cry it a toon, that ancient burgh), and
there rooted. Whit the attraction o Brechin wis, again, I d'a ken,
but in 1909, there Giuseppe and Filomena Vettese set up in
business: ice cream, fish and chips. Whit else? Time gaed, bairns
were born (ten o wham survived), and the Vetteses were becomin
pairt o the fowk o Scotland.

My faither married a Scottish lassie, Susan Cathro. In the
early 50s he also socht a new wey o life, in the States, but he
didna settle and in the end we cam til Montrose, whar he set up
as a newsagent, a business he ran for a wheen o years. I gaed
throu schuil, wi an occasional fecht on accoont o a surname.
Daft, whan ye think o't. Gin I'd had my mither's, nane wad hae
queried. But there we are, I'm a Vettese, no a Cathro, tho baith
are in me. Oniewey, we're here noo, grunded in the North, and
there's Vetteses aa ower. Soon it will juist be anither Scottish
name. Aince there wis a faimly cried de Brus. And Wallace
means 'stranger'. Fowk wha come til Scotland noo, be they
English, Indian, Chinese, Pakistani, can mak themsels pairt o us.
Wha kens whitna growthe micht lowp frae sic new seed?

Chi teme più, chi giudica?

9

Foreword

The name Vettese might suggest an airt other than Scotland, but
the Scots that Raymond Vettese uses puts his birthright beyond
doubt. In childhood, Scots was his mither tongue, and he and
other bairns saw English as a foreign imposition. It fitted neither
the facts nor the sensation of the facts. In 'Shibboleth', his poem
about horniegolochs, he writes

> In cless
> sic nasty things were 'earwigs'.
> Earwigs?
> Whitna sense in that,
> we thocht . . .
> wha wad cry 'em that?
> Horniegolochs.
> The word said it aa.

The unreality is the book-learned word spoken by the teacher,
denying her inheritance.

Vettese uses Scots to authenticate realities. He remembers
his maternal grandfather, George Cathro:

> whan you strode, me in tow, aroond the Mairt,
> wi your leathery haun rauch-gruppin mine . . .

At the funeral of George Cathro, the child eyes the minister:

> The houlet-faced meenister's wan fareweel
> winnowed awa ower an Autumn grave.

This is from the section Twa Earths, referring to the poet's
double inheritance, though the Vettese grandfather accepted
completely a Scottish identity. When war broke out, that identity
was not recognised by others. 'Broken' begins:

> My granfaither's shop in Brechin wis staned
> and him in the City God kens hoo lang
> and his sons playin waltzes at the local dances.

11

This reality gives urgency and poignancy to poems threaded throughout the book, though the dominant tone is one of good-humoured enjoyment of life in a self-confident Scottish community productive of characters, who may be met in the section Fowk. These are perceived within a wider context. The reach of the book is evident in the first line of the first poem with its reference to Dante's Hell:

> And sae we cam tae yon lichtless place . . .

In the following line we are here and now

> reekin o scent an sleekit-doon hair.

But in the last poem Raymond, as child out of a nightmare, would:

> . . . stairtle awake,
> greetin, or the touch o my faither's haun
> grunded me solidly hame amang truths . . .

This line, leading through 'grunded', 'solidly', 'hame' to 'truths', voices a concern common to many Scots through our troubled history. Stubborn and declaratory, this voice was heard, and this stance was taken, by John Barbour nigh six hundred years ago, in the opening passage of 'The Bruce', as he made his plea for

> . . . suthfastness
> That shawys the thing rycht as it wes.

Such quotations as these suggest that tradition of spoken Scots which was the staple of William Soutar's poetry. It was therefore singularly appropriate that Raymond Vettese was awarded the first William Soutar Writing Fellowship (1989) in Soutar's home in Perth. Raymond Vettese writes in a living tongue of Scots, commanding its warmth, wit and good humour. For these qualities alone the book is to be prized.

12

INNOCENCE

THAT KIRKYAIRD AIR

And sae we cam tae yon lichtless place
reekin o scent an' sleekit-doon hair.
Growne-up glowers nailed us ticht,
we daurdna fidge or gie a yawn.
The meenister's face, white as a bone,
mooned at us frae a midnicht suit.
Aa the lang sermon throu we sat
on pews no meant for tender bums.
The chesty organ pecht aff-key,
we bleated oot a puckle auld hymns
syne drochelt awa tae Miss Hodge's class,
yon witch o a wifie wi runkelt skin
like cauld creesh an' the drauntin voice
o a bottler cooped in a jar.
I grue at it yet: the broon velvet drapes
that smoort the winnocks an' slew the licht;
the mud-broon waas wi Christ on show,
a lassie-like cratur blonde as wheat.
No him that lasht oot the temple,
no him sair-fasht on the cross,
but a dreep wi nae smeddum or sinnens o joy.

I mind it yet an' still whiles hear
the doors crash wide; a gowst breenges throu
that kirkyaird air, blaists oot driechness,
scunners the dour. It wis feenisht, feenisht,
an' we were free an' dancin on the green
wi bricht Hosannah tae the livin sun
and the gowden-beaked gulls in the bonnie blue sky
soonded like trumpets on Jericho's plain!

INNOCENCE

I shoved a banger doon a tattie-shaw,
the snod hame, I kent, o horniegolochs,
an' whan the squeeb birst some skailt oot
amang the corpses, the dairk remains
I'd blaisted wi joy intil death's surprise.
I skirlt my glaidness, heuched my pooer,
as the scorcht craturs squirmit aboot me.
Whit fun, whit fun, tae mak things dee!

ONLY A GAME

We tied him til the bike-shed pole,
whooped aroon' wi Indian skirls,
powkit at him wi spears o air
or he – wad ye believe it? – grat,
fairly bubbelt.

Coordie coordie custard
canna fecht for mustard!

An' he grat the mair or the bell rang
an' we let 'im gae, snivellin disgrace,
back til the cless tae be richtly ignored
tho hunded aifter.

Yella yella yella
yer mither's got anither fella
ha ha ye lyper ha ha ha!

His parents complained.

Typical English.

Nae sense o fun.

SHIBBOLETH

They were aye horniegolochs tae us,
tho by wir lane.
In cless
sic nasty things were 'earwigs'.
Earwigs?
Whitna sense in that,
we thocht, kennin the secret
o the true word? Earwigs?
Wha wad cry 'em that?
Horniegolochs.
The word said it aa.
We lifted stanes by wir lane
and saw them
and kent the truth:
the word and them were as ane.
But
we were in Scotland.
'Earwigs', the teacher said.
'Earwigs', we nodded,
tho that ither soond, that rauchness,
scurried oot frae aneath the rock,
the flag, she'd laid upon us,
an' wadna be squashit.

She never broke the code
and she never broke us.
Horniegolochs, I'm telt,
wad survive a holocaust,
a nuclear purge. I believe that.
As for earwigs –

Horniegoloch! Horniegoloch! Horniegoloch!

There's a word,
there's a survivor.

MY GRANMITHER'S COFFIN

I never saw it
but jaloused it
sma like her
and the wuid
no smooth but
runkelt like bark,
like her face.
I thocht o it
in wormy dairk
and o her,
sma yet strang,
aye dichtin stour
(even her ain,
nae doot). She said:
'ilka thing in order,
ilka thing in its place'.
She'd mind the mauchs
o table mainners
an' hae them sayin grace.

A VIEW O THE INFIRMARY

In the place for the auld ower the street
lichts gae on. Ae room bides dairk.

The van will come til the back door.

A play o sorts this; the moment I dreid
isna yet here: that first dear death,
true beginning o a journey to end
alane in dairkness on the ither side
as lichts gae on an' strangers nod
at ae room whar the bulb hings cauld.

MY YOKIT SENSES

I've moored here ower lang,
crusted wi habit,
roosted wi custom –
there's oceans yet I hinna seen!

Ach, gin I turn tae whar ye lie
I feel again whit thirls me sae
an' thocht o freedom sooms oot o my heid.
You cry me back til the warm bed.

I canna conter, I micht as weel be
a seamaw abuin a midden o fish.
Thocht's deid. I've nae mair will.
I'm aa instinct, a bulge o greed.

I canna move. I'm Gulliver-strung
frae the soles o my feet til the roots o my tongue.
Gin ye but saftly caa my name
my yokit senses rise up, toddle hame.

AT FU-TIDE

Liggin on dunes
we twa, the waves
souchin ower sauns
whar monie loves
hae been afore us.
Oot there a licht
a swathe o brichtness,
cleaves the dairk.
We're at fu-tide
an' hissin waves
eelie awa
sin nocht lives
but here, noo,
or the dwine
ebbs us back intil nicht
wi the waves
souchin ower sauns
whar monie loves
hae been afore us,
twinin cauld hauns.

SPOOR

My een were made for sun,
no the muin's weird-licht;
in skuddle o panic my senses rin
heech-skeech throu the skrauchs o nicht.

Let me gae and let me no see
whit terror writhes at the foond o aa
like golochs 'neath a stane. Oh I wad be
innocent as Adam afore the Faa.

But in onie hoose, alow onie licht,
hairts maun thunner kennin
time's untethert the nicht
and the scent's doon an' death's rinnin.

A CENTAUR LIFE

This day's the day o Christ's resurrection
we're telt, and sae wad I believe;
in the ripeness o anither season
I took the life promised wi a fu hairt.
Whit cheenge wrung me oot or like an auld cloot
hung ower lang, yon faith runkelt?
I dinna ken, but ae day I waukent
to naethingness, saw but a void.
The universe suddenly tint its crux.
The faut's dootless mine, wi reason shairpent
tae ower fine a point. And yet by reason
div we no preen frae the buckie
gnarlt, coilin truth, itherwise oor ettle
is even less than gey affen it seems?

This is the flux and stane o the maitter:
tae want, and yet by thocht tae unwant it.
Whit's truth gin it's no thocht as weel as felt?
Gie aa tae reason, or faith, is that richt?
Or this, a centaur life o hauf an' hauf?
Mebbe I maun bide on time. Mebbe age
will north my swither and the foont o faith
brust frae this rock. Mebbe the spring o reason
will slocken hailly at laist. I d'a ken.
This day's the day o Christ's resurrection
we're telt and me, och, I gant in my pit.
I wad believe but I canna.
Sleep's best. Here's rest at least –
or a nichtmare rides me intil the grave.

GRIENIN

I hear the drizzen o Mairt coos
bucht for the slauchter an' kennin shairly.
Oorie an' waesome throu the mirky chill
that mane, ruggin oot pity
for aa that dreid, for aa that lose
the life they've gotten in excheenge for death.
A wraith o terror's on the mists o breath,
a cloodswall o gaithert pain,
a grienin for life that winna still,
gaes intil the nicht, comes back as cauld rain.

SILENCE AND FIRE

By the pool's side, at noon, we lay
in a green tree's shade an' said nocht
I heard sauchs stir an' a fish lowp
and the chirmin birds wadna hae
saucht. But we wad. We lay
silent and I thocht o silence
like stour-crossed beams thrust bricht fae us.
We gied oot silence as the sun
gies oot heat and the silent heat
flamed us baith or wi no a word
spoken we turnt til each ither
and silence and fire became love
and then nae ither soond I heard
(tho dootless ayont made its noise)
but the hairt's tirr and the bluid's roar.

WED

You were so pale
and I wis that fleggit,
my hairt a new-catched bird's.

And then
we ran throu sunlicht,
confetti snaw,

and then,
afore the white
unbroken sheets,

you were so pale,
my hairt, in its cage o ribs,
flauntert.

Lang syne this wis.
I'm aff tae bed
you say. I nod.

COILS

A middle-aged wifie puffed coontless fags,
her thin ringless fingers tappin, tappin,
morsed a distress we couldna decipher
(the confetti snaw still driftin f'ae us)
and thocht it nocht whan she suddenly spiert:
Where does it go? We telt her wi a smile
an' she turnt awa, lit up anither.
We didna care. We saw the spring ootby,
a rush o green, wad never hae foreseen,
as the smoke writhed its coils aboot us,
a loveless driech November o the day
while the honeymoon train gaed hurtlin throu
echt-year-ago blossomed an' singin May.

BY WORDS ALANE

Whit dis it maitter gin aa the words
I hae skrievit til you, because o you,
are nocht but mists on winter air?

Whit dis it maitter gin I hae set doon
in waesome verse the trauchle o love,
soorness o rejection, wershness o despair?

Whit dis it maitter gin whiles a poem
ootbides the moch an' lingers on
in the pages o some future moribund quair?

I suddenly ken that I dinna care
gin ocht ava endures. I wad, I swear,
hae gien aa this up, wi'ooten fash:

words are nae replacement for the flesh.
But I'm left wi words, sleekit as liars,
malevolent craws on raucous wires

skreichin reminder: you arena here.
Whit dis ocht maitter gin ye're gane?
I canna live by words alane.

THE DEID

The hunger o the deid is great.
They'll gowp doon onie livin thing.
I've seen it. I've kent fowk that aince
strode fu o the future, swack fowk
hotchin wi virr, o a sudden
disappear. Whan we met again
they were sooked o smeddum, alive
eneuch only for simple acts.
The deid had blawn them like an egg.

Noo I'm waukrife, noo I'm tentie.
The deid are sleekit, tak on shapes.
Whiles it's haar that seeps intil banes,
whiles the subtle drook o the smirr,
whiles a voice that mimics reason,
speaks in saft meisured tones; they are
the fey deid, whase love's brutal,
bites intil the wooed. Oh the deid,
they c'a be slockent, c'a be filled.

Watch oot for them. Whiles they micht seem
like the livin, but the signs are there:
be mindfu o een that show nocht,
that dinna leam nae maitter whit
'passion' thumps oot on the table.
Listen for saft meisured tones that sell
greed as guid, whisper that mebbe
gettin's the epitome o freedom.
But maist, I warn, look oot for guile

that fakes care for ocht but itsel.
Sic deid are the warst, maist veecious,
and the maist hungry. Gin ye're no
canny ye'll be gowped doon afore
ye've mairked the slee-ness o the ploy.
The deid, like the mantis, can seem
something ither, lull innocence
or it canna see, syne they strike,
chew aff the heid (ay the best thing

to stairt wi) and syne, snirkin, loll
at leisure an' digest the haill.
The deid hae muckle appetites,
greed eneuch tae guts a kingdom.
They've duin it afore and wha kcns
whase neist for the roastin?
Whan the hungert deid are risen
ye maunna sleep. Tak tent, keep watch, and mind:
they micht sneak ben as poets.

FAIR PROOD

He wis gey fou, or sae it seemed,
stacherin aboot, the serk-tail
flapp'rin f'ae clortie breeks.

I hinna ate for days –
til onie wha didna jink –
I hinna ate for days,
hauns raxin for siller,
teet'rin like a boxer
afore the faa.

But he wis fou, or sae it seemed,
an' fowk joukit.
I did tae, or guilt got
the better o me. I gaed back,
thinkin: ye're daft, ye ken,
it's juist for mair booze. But
I gaed back, gied a quid,
syne prinkit doon the wey,
fair prood
o the gowd ring abuin my heid.

TWA EARTHS

A KEEN NEW AIR

I think o Scotland as it micht hae seemed
tae you, my granfaither, fresh aff the boat
at Leith. Nostrils twitched 'neath a muckle bleck
moustache, twitched snuffin oot a foreign air;
dairk een glowert as they quarried the dock
cairned wi baggage, rowdy as Babel.
You stride doon the plank wi confident show,
short and squat yet big wi pride, that virtue,
or mebbe vice, o the Italian south.
Aifter the officials, forms, questions,
aifter a puckle o sair-learnt phrases,
you gaither a case no hefty wi gear,
daunner awa, syne come til the city,
staun alow the shadda o the castle,
imperial as Victoria or the Rome
you've never seen. Bitter wun clauts the flag.
You hap yersel ticht against this brute cauld.
Whitna dour, snell place is this ye've come til?
Your faither sided wi Garibaldi
to bind a country, to mak a union,
got frae it only a wound and puirtith.
That you mind. Let politics be.
Breid first, syne breed. Whit else maitters?
Nostrils snuff a keen new air, lang fingers
test the prood moustache, that manhood bristle.
You're aff in search o whitever there is
at the end o your voyage. In your bags
there's us, wha fecht tae brak a union,
a generation seeded in twa earths
that gies us mebbe the richt mix o strengths:
a gless o warm South laced wi North ice.

35

IMMIGRANTS

1

I met a man wha'd bade in Ferryden
fifteen year
an' still thae slow-cheengin fowk
cried him an inaboot-comer.

Mannie,
I'm saicont generation o immigrant stock
but even yet some fowk'll say:
why are you in the SNP,
you're a wop, are you not?

2

Yon slater's haikit roon' the kitchen flair
for 'oors. Daft wey tae spend a life,
tho nae dafter, I suppose,
than spierin o a slater
whit it's aboot,
an' mebbe it gaes on its marathon thinkin:
Whit are they gawpin at?
Hiv they never seen a slater afore?
Humans? Feech, I canna thole 'em.
Inaboot-comers.

BROKEN

My granfaither's shop in Brechin wis staned
and him in the City God kens hoo lang
and his sons playin waltzes at the local dances.

My granfaither's shop in Brechin wis staned
and the waas clorted: Eyeties Go Home!
and his sons awa tae jyne the forces.

My granfaither's shop in Brechin wis staned
and the waas clorted: Eyeties Go Home!
But he never did. He gaed til Pitlochry.

He gaed til Pitlochry, intcrncd at echty
and him in the City God kens hoo lang
and his sons playin waltzes at the local dances.

My granfaither's shop in Brechin wis staned
and the waas clorted: Eyeties Go Home.
His windows were broken. And muckle mair.

PAX ROMANA

No a cushy billet this,
wi the cauld in oor banes
and the sun sae distant.
Ae lad said: I've leave
comin up, I'll be glaid
tae get awa. Wha'd bide here?
Dreepin helmets nodded,
drookit pows scunnert lang syne
wi the north and its fowk.
Wha'd hae believed
we'd ever come back
and waur, bide here
in spite o cauld?
Guid God,
we've gone native.
Whit next?
A bodie frae England
heid-bummer o the Nats?

A SENSE O THE CAULD

Whit wis the end o your voyage,
granfaither? Wis it here, truly,
in a cauld lan' sae faur awa
frae the ripe vineyairds o youth-heid?
I dinna ken. I canna speak for you,
only mysel, a Scot in aa but name.
Is it in me, us, the spring o your seed,
that you are gaithert? I dinna ken.
There's whiles I've thocht o an' dreamt o back there
as the place wharin my deepest roots drive,
and whiles o here as the place you socht oot
as tho tae gie us a sense o the cauld
that we micht balance opposites, become
haill. But ye didna ken Scotland, for aye,
it seems, a place divided, wi its fowk
flindert, unshair o whitna piece gaes whar.
Gin ye'd kent ye micht hae thocht twice,
or mebbe no, still taen the chance, launched oot
in search o here, the fabulous kingdom.
Ye've made us, granfaither, truly Scottish:
no kennin whit we are, no shair o ocht,
gin it be language, union, independence –
juist a guddle, a slaister, a richt hash.
Ye didna mean it, acoorse. I c'a blame
your enterprise, but there's whiles I waement
whit micht hae been – and yet, even in that,
I'm at ane wi monie a ruefu Scot.

39

SOME GHAISTLY TUNE

Suddenly I'm boued
alow a sun mair fierce
nor onie I've kent
here, in Montrose.

I warsle wi
a hirstie yirth
but wi joy sing
an unkent sang

tho in the dairk
it's near minded,
some ghaistly tune
oot o whit wis.

I wauken til the cauld rain,
til the reid clay
and the split tongue.
Aince mair, I'm North.

LEGACY

Ye mebbe thocht this land Eldorado,
rich wi pickins for peasant hauns.
Ay weel, ye've left us here kennin
the sair truth: the cauld, the puirtith,
in a place that's shairly waur nor onie
ye micht hae tholit. Here's nae gowd nor heat,
here's nae singin tongue, whar doonmoued bodies
skart for hope in a yirth that gies little,
whase stairved trees bear but a wersh fruit;
the fruit we maun eat, granfaither,
for we canna gae back, plunkit doon here
by your choice, nae by choice o oors.
Wha kens that noo we michtna hae been
cantie in yon country? But ach,
we'll never ken, I doot,
maun mak a kirk or mill o this,
the dow place we've been landed in
by you, ancestor, wha couldna foreken
whitna grief ye wad gie us,
wha tint the sun and a haill voice
and got a bitter plot insteid
wi its feckless fowk and this raploch leid.

LETTER F'AE DEREK

Whit's aa this ye're girnin aboot?
I've been here noo for twenty year,
think o mysel Canadian,
tho I hinna tint my guid Scots tongue.
But this harkin back til the auld mannie,
blethers o Italy, ach –
ye're nae mair a wop nor flee in the air.
An' whit grunds ye in Scotland
gin it's as driech as you mak oot?
Awa. Nocht'll stick ye
lessen ye stick yersel. I've met fowk here
bleatin o hame on St. Andrew's Nicht,
but they'll no be back, ye can bet on it.
Granda socht whit he thocht a better life,
as I hae, an' gin ye're no content,
up roots an' awa, it's the ae answer.
But dinna thump oot on a weary drum
wae's me, wae's me, for I winna listen.
I'm Canadian, you're a Scot,
and aince oor fowk were Italian.
Think on that an' sense micht get in.
Guid God, man, the wey ye're greetin
ye'll blubber 'Sorrento' onie meenit.
It's as bad as hearin 'These Are My Mountains'
on a boozy nicht in the Scottish Club,
an' I doot gif there's muckle differ atween
whit you've come up wi an' that boakin crood.
Ye're a Scot, that's aa. Gin ye'd be ither,
get on the boat, ging ower the sea,
cheenge yersel, as he did, I did. Brak free.

THE END O THE FIELD
(*I. M. George Cathro*)

1958

Whit a muckle man you seemed til me then
whan you strode, me in tow, aroond the Mairt,
wi your leathery haun rauch-gruppin mine,
and I hated the haill jing-bang o it:
the rowtin coos, the greetin sheep,
the skirlin gangs wi their willa-switches
shiv'rin the hide o ocht they saw.
I hated it: the cries, the stink,
the reid-faced loons wi beery jokes
in a roarin tent haared wi reek
o thick bleck twist and soor wi drink.
But I hid my dreid and you never jaloused,
thocht I loved it the wey you did.

1964

You cam intae toon alang wi the rest:
kenspeckle teuchters in badly-cut suits
twenty year ahent the fashion.
You herded at corners, gowpit for 'oors.
Bairns gaithert lauchin, cried names, cried names,
roosed a nieve-shakkin rage wi their geckin
or I wis affrontit, wadna own ye,
thocht ye as nocht but a puir shrunkelt thing
forlane at the end o a lang dairk field
nae man wi beasts wad ever ploo again.

1969

The houlet-faced meenister's wan fareweel
winnowed awa ower an Autumn grave.
I saw hoo yer spaul wad coulter death's dreel,
hoo banes wad shift til the maucht o yer drave,
gey near laucht wi the thocht. But the keel
cowpit and I wis greetin wi the lave.

1985

You riddelt the earth wi leathery hauns,
wi country fingers that noo, granfaither,
I micht touch no wi dreid (my ain teuchent)
but wi love, kennin mair hoo things are wrocht,
hoo muckle isna clear tae hauflin sicht.
The hairst you rived wis never easy fund,
yet still ye socht an' brocht the gowd tae licht
an' gaed hame weary til a rest sair-bocht,
but rest at least. You lay, I'm shair, content,
as the winter seed can doze in the grund,
can bide or the dunt o neavin weather
clouts: wauken! And it's up, the green shoot stauns.

1993

The field's no as lang as I thocht,
granfaither. But a meenit syne, it seems,
I stairted aff on this ploiter and noo
I'm mair nor hauf-weys ower an' I think
I see you mair clear nor ever afore
as acres crine ilka gaithert-in year.

The closer I come, the bigger you seem,
til ae thrawed nicht my deid-spail creesh
dreeps my feenish and wi raittle or souch
I'm lowsit, gane, the field ahent,
and stilpin on, wi me in tow,
a muckle man strides us intil ayont.

INHERITANCE

You saw the future in a cup or flame,
believed in ghaists, had witnessed aince,
whan a bairn, the green reels o Elfdom.
Naething is whit ye think it is, laddie,
she cooncilled me; in the blink o an ee
the fire is monie greetin spreits, the ash
the dried-up tears o a thoosan sinners.

The Irish in her, my granfaither said,
the North-East granite throu him, the Irish,
she canna help it. Believe me, laddie,
ilka thing is whit it is, that's the truth,
as onie man wha plooed a stony field
will tell ye. I sat. I listened. Later
the lichtnin o verse shot atween twa poles,

made o this generator. And yet, yet,
gif I had tae choose, I think I wad hae
the greetin fire, the ghaists, that ither life,
nearly believe it – or I hear a knock;
my granfaither chaps the pipe on his knee,
stokes it up, gies a sook. That stuff? he says –
points til the smoke – as weel believe in this.

Whit a merrage! But oot o yon fowk wha
ken whit's real, whiles, an' whiles gang gyte,
see phantoms, hear voices. Mind you, sic things
are mebbe the product o drink. The fumes
of whisky are the Devil's delight, said
my granfaither. It's the Scot in him, my
granmither whispert, maakin me a bed.

KIST

The teacher trooped us tae the kirk
for a service afore the holidays.
At the door he turns til me an' whispers:
It's not for the likes of you, Vettese,
off you go now – an' aff I gaed
(I hidna the hairt tae disappoint him)
rinnin wi glee intil simmer's freedom.
Gin the mannie thocht me Catholic, weel,
wi sic a surname whit else wad I be?
Oot o syllables he'd biggit a box,
nailed a lid on a kist o assumption.
He wisna the first, winna be laist.

ANITHER SCOTLAND

I hae seen the fowk o the fisher-toons
drift awa, while new owners land,
loud city voices declaring two homes.
The houses are whitewashed, the gardens pruned,
and whit wis here, that rowstin birr,
the raucle steir o anither Scotland,
is gane, alang wi the boats, the herrin.

I hae heard the speak o auld men.
On ilka tongue the deein words were vieve,
bawled oot in ballads on Setterday nichts,
but the chiels are lang gane intil the earth
an' a haill wey o daein gied wi them.
They plooed wi horses, no tractors;
wadna be seen wi thae judderin beasts.

Whit's tae come I c'a tell but e'en noo
this aa seems til monie as faur awa
as bothies and feein, an age ahent,
and the words I love gae as weel, maun faa
intil the dairk as the Scotland that wis
wears out and changes to that which must be.
Yon winna hain them or the words that flee

up intil air, heich and strange, heard nae mair
by onie save the likes o me;
in the souch o the wun,
in the shades o the howff,
in the door's tremmlin, roostie craik,
they'll soond for aye or I'm as them:
a ghaist in a neuk, syne a wisp o reek.

FOWK

NOAH

The storm will come . . .
Frae ilka airt rauch lichtnins crack
searin trees wi fizzin skelp,
cowpin vaunty steeples.
I see the Esk, the Tay, the Dee,
whummellin cities an' perjink wee toons
that thocht themsels fair chief wi Jehova.
I hear the rummellin dunts o thunner,
bleck nieves o rage cloutin the yird,
and the bleeze at the core roarin dragons o flame
and thoosans cuist doon intil lowin howes . . .
skirls o the deein . . . savag'ry o men
lowsed o aa tether . . . syne nae mair,
near silence: the lilt o water
the only soond in aa the warl,
syne the cushie o peace, white as onie angel,
and the bricht airch o tranquillity . . .

I telt the fowk across the road.
They leuch, wad ye credit,
sent me awa wi a flech i my lug.
Na, yon's a lee.
Twa flechs . . .

51

THE BARMAN'S TALE

There wis ae lad wi nieves like neeps;
Christ he wis coorse, wi slanty een
that lookit as gin they'd been soused
in reid ink a fortnicht or mair.
Gin ye gied him a look:
Whit are ye gawpin at?
Gin ye tried tae lauch it aff:
Whit are ye grinnin at, Buster?
I kent a fecht wis on the cairds
and shair as fate yin o oor lads
wi a drappie ower the score
gets roosed at this hawker bodie,
an' cries him: Tink! Hey Tink!
An' quicker nor ye can blink – boof –
the gype gaed heelster-gowdie.
Aa hell broke loose –
glesses fleein, fists, chairs,
and me,
public servant, keeper o the peace,
cooried ahent the bar.
Jees, a tummler whizzed past me lug!
I creepit til the phone an' beggit the bobbies
an' whan they cam the thing broke up,
but nae afore they'd broken up
gey near aa; och, the place wis mair
an infirmary nor a pub.
Whit a nicht! Fower bashit nebs,
a trouch o bluid,
as monie skailt teeth as wad mak
twa peanies. The bobbies, acoorse,
lifted the tink.
He turns at the door, hauchers, cries:
Awa ye teuchters! Awa tae hell!
I near aboot gied him a skelp mysel.
Teuchters!

PEEM AT ECHTY

Hoo scour a body that's but little yaised,
disna mak love or gae dancin?
There's whiles, tho, whan it rains,
I'll staun an' get drookit.
That dis. It's pure at least,
the doonfaa, lessen it's acid
and rots me. I d'a care.
Whit tho it strip me o the flesh
I've cairted aboot for sae lang
it's become a wecht? Div I no get ready
for the grave and its common stench?
Nae perfume hides that, the final odour.
I've fund a purpose: I'm a reminder
o that unhailsome hinmaist aroma.
Whit shall we cry it? Chanel Nocht?
Incontinent Auld Men's Troosers?
Mauch's Mairvel? Taint o Age?
It micht sell, ye never ken.
Gothic, I'm telt, is the fashion noo:
horror that disna ken whit horror means.

JOCK DEEIN

He'd no be Jock withooten a curse;
he didna gie a damn for God.
Th'ae thing he wanted, he said, wis mair life,
that an' mair drink.

Maist nichts he'd stottert hame bleezin
an' noo he wadna juist be snufft;
tho he sizzelt wi pain as a soused fire,
yet he never cried oot.

He never cried oot, no til God or us.
We never saw him greet or pray.
Th'ae thing he wanted, he said, wis mair life.
That, an' mair drink – in onie order.

GREEN PAIRK DAYS

Quick slim creator o perfect passes,
needle threidin onie defence,
wi a hat-trick against the Ferryden Strollers,
a salmon-lowp heider in the final meenit
whan the Bridge Street Boys seemed shair o twa points.
Legend amang us, Ginger Jones,
jinkin doon the richt wing in the Green Pairk Days.

I met him juist the ither week
and an auld begrutten story wis telt;
he wis oot o work, hoastie, reid-fat wi booze.
Och the baa's birst wis aa he could tackle
whan I blethert aboot the Green Pairk Days,
the baa's birst. I kent whit he meant,
an' bocht him a nip afore he hirpelt awa.

BRICHT CLOOD

Your fingers, stiff as winter twigs,
scutter wi a page. Whit a yoke's become
the simplest o things. Suddenly you smile,
wyceless, at nocht – gane gyte, gane gyte?

Or mebbe then a bricht clood's swirlin,
an auld air trances the nunnery room;
runkelt skin draps aff like witch-rags,
dry-stick limbs are lissom aince mair:
a lassie's dancin, birlin, turnin,
whirlin ayont the salvation shauchle
and intil the reel, the waltz, the strathspey,
intil ahent, whit wis, the gowden haas
whar lichtsome she moved an' wi sicna grace;
monie's the man, she telt me aince, socht her,
wooed her wi flooers in yon faur-awa place.

She shaks her heid, tuts, froons. She's tint the place
in the book the kindly young meenister brocht her
wi the best o intentions, nae doot,
for her dancin days are lang syne duin
and whit's left but the fear o their sin?
It's in earthly desires that evil takes root
the meenister telt her: that she must believe.
Did the Faa no come wi yon hussie, Eve?

EDNA

She's fu o fowk, can tell ye
whit her brither-in-law's
cousin X-times removed
is up til. Einstein wad be aff,
fair raivelt wi this relativity.
I'm no clever, she says,
but I've a third cousin's dauchter in Tahiti
wha is,
she's a doctor oot there.
I shak my heid.
I ken nocht ava confronted wi this,
her purpose; she's keeper o the web,
a priestess o the intricate bonds
that weave us aa thegither.

SYD

The loudest man I ever kent.
Fu o whisky he'd bawl oot sangs
as gin the haill toon – the haill warl –
shuid hear 'em: sangs o the fairm,
sangs o the days whan he bothied ootby.
He'd roar 'em up or fowk cried wheesht
but aye he skelpt on, no mindin ava.
Noo he wis back in the hauflin stour
wud as a drukken loon aff on the reenge.
He'd stop, glower aboot wi yon deil's grin,
syne at 'em again or the barman exploded:
ye've had enough, Syd! Awa ye ging hame . . .
He'd gae then, nae bather, but at the laist
aye turnt an' yelloched: ye'll miss me, ye ken,
ye'll aa be sorry whan I'm deid.

And sae we were, and still are, as we sit
in the quiet o the howff. The freithin pints
settle and the silence craiks and the door
tremmles wi a blaw but never birsts wide
the wey it did whan's rauch sel cam roarin
an' left lugs bizzin lang aifter he'd gane,
stoundin wi the stishie o his ram-stam life.

TEACHER

You made a shape for me
oot o the nicht an' syne
named it: Orion, you said,
Orion; look, there's the belt,
the sword. Your fingers drew
on the dairk and I saw
whit I'd never seen afore,
Orion, Orion. Noo whan I gae
intil the nicht I can look up
an' ken yon auld familiar,
which wis never there until you said:
you made Orion an' gied it til me
and opened up the sky
yet girded whit I see.
But noo I tell the bairns, wi delight
in lear, wi the joy o maakin shape
oot o whit seems shapeless: look, Orion,
see! See! An' dootless cheenge the nicht
for them as you cheenged it for me;
you gaithert stars, forged a design,
and set on my youth-heid a shape I'll never tine.

JUSTICE

Hector the Heidie leathert me affen,
the snake's tongue bit as he cried me a fool,
a dolt, an oaf, destined for the dole-queue.
I prayed at nicht that ae day he wad saffen
but he never did; tyrannical rule
wis aa he kent or a stroke brocht him here,
intil the mool, tho even yet the fear
rises in me, a dolt, a fool, destined for The Broo.
I hated my schuil-days because o you
an' sicna damage I canna forget.
Mebbe I wisna bricht or angel-guid
but it wisna juist me, it wis monie,
and nae bairn warranted whit ye did.
Brutality, Hector, isna bonnie.
But neither is hate. I wish I micht forgie,
but I canna. Your grave pleases me,
this dolt, this oaf destined for the dole-queue.
Weel – I'm livin – you're no – an' gin there be
justice ava I ken whar it sent ye –
an' the Deil lash on the Lochgelly noo!

ANDREW WHITE

A quiet laddie,
tho the quiet wis mebbe
forced upon him,
an English tongue in Montrose
queer then.

I think o him whiles,
see the hurt look in his een
whan sides were chosen,
hear oor droned contempt:
Wha wants Andra White?

He wis aye on the edge,
alone,
but never forgotten:
English! English! English!
Andrew White, forgie us.

WILLIE'S TREE

At the end o the green a sycamore
spreids muckle brainches; I canna dismiss
ae thocht as I lounge in heat o simmer,
glaid o shade: Willie Soutar planted this.

Aince it wisna tree ava, juist a skelf,
a skrimpit thing, but noo it's undaunted
an' hauds tae heiven the strength o its years,
the sycamore Willie Soutar planted.

Willie's awa, Willie's lang laid doon,
but the seeds in the wind gaed blawin free
and rooted themsels, thrust deep in the land.
Whanever birds sing, it's on Willie's tree.

OMINOUS ENGINES

WI AE SANG LEFT

Bleart ower lang by winter's crust
een that aince were bricht wi the sun
froze blinn, thick skin o frost
calloused gless (nae licht allooed)
and the only talk is talk o the past,
th'ae sang left the craw's hoast.

Here the bloom comes rarely, rarely,
but gin we micht, even this late,
see the land in flooer again
afore we forget,
auld fowk bitter as winter rain
in a driech, forlane, disjaskit country

wi nae talk but talk o the past,
wi nae sang left but the craw's hoast.

CATCH

And whiles, hunkert on the strand, we catched eels,
cauld fingers ploitert in broon gritty sludge
or they heaved up a hefty dreepin lump
that dreebilt throu spaces till nocht wis left
save a puckle buitlaces come alive,
there a blink in a sma brine pool
syne gane, oor hauns tuim but seasoned wi sea,
sleekit wi the weet and bricht i the sun.

We never held them, the eels, werena made
for that. We didna haud the sea either,
come til it, or the brichtness the water
and the licht gied tae oor skin a moment.
Only the saut bade, an' we licked it aff
on the wey hame, yon tinge o sea, a strange
pang on the tongue that whiles comes back: a taste
o whit we were. That wis catched. That we haud.

THE GREEN DAY

We lay aneath yon sycamore tree
that day in the hairt o simmer.
Airels aboot us and scent o flooers,
murmullin bees 'mang tremmlin heat,
yirm o day-lang gnats, or we dreamt
a sain rose, sang til aa the ripened airts
o love and its season
while slowly the gloamin dairkent
the green day o licht that wis oors.

SHRUNKELT

There were cobbles then in George Street,
whan I wis young, message-laddie
til Bob Mackenzie, The Grocer, North Street.

The bike dunted ower them, shook
aa – my banes, my teeth; I thocht thir
(dozent fancy) the shrunkelt skulls

o monie deid. Thoosans o skulls
I forced my wheels ower!
And the craw o youth as I thrust

pedals doon wi the micht o fifteen years,
drave my wheels, my pooer, ower the deid,
whisslin the glaidness o the life I'd got.

No like them, the egg-heided powkers-up
frae the past, the lang-forgotten.
I thrust doon the pedals and thocht me lowsed

o the past, the deid. Ay weel, the cobbles
are gane, alang wi yon whisslin laddie
and Bob Mackenzie, The Grocer, North Street.

SENTIMENTAL JOURNEY

The toon ended here for a lang, lang time.
ayont, green fields. Noo a muckle estate
concretes fertility. Ach, whit maitter?
Fowk need hooses mair nor fields, I suppose,
but I mind the fields an' wi that mindin
canna hailly forgie the loss,
for it's no juist acres, it's my young sel.
I see my bairnly shadda on the gress
in the gowden heat o remembered simmers
(misremembered, nae doot, but sae they seem)
yirdit 'neath tonnage o biggin.
I turn back. A sentimental journey
I've made, that's aa, a man govin on his past
cheenged by years til a glory that's mebbe
no quite true but's mebbe, in driecher days,
a brichtness he's in want o. I turn back,
leave the new ahent, traik intil the toon,
glaid that whit aince, in stishie o youth-heid,
seemed shairly howkit for young fowks' boredom,
hisna cheenged muckle. I growe auld,
and the shadda on the green rins faister,
jumps higher, langer, than ever afore,
tho a thoosan gravestanes wecht doon its breist.

THE AULD KIRK STEEPLE

Centre noo o my thochts that spire,
a needle o permanence threidin time
wi generations poud intil the weft,
the happins o eternity
'neath ootwar' suit o common day.
Centre noo o my thochts that spire,
its lang thrust the hairt, grave, gyrthol, o here.
Its bells annunce the Sabbath,
and ower fields, ower sea, the slow notes
gaither or I hear the coontless voices
o my people, my ain voice amang them,
the deid and the vieve in greement o praise
abuin the thrum and clash o cheengin weys.

THIS ANTRIN DAY

Winnocks o siller and the lift sae blue!
Ye micht forgie ocht this antrin day:
the ill-gated, the gutsie, the hairtless,
ay, e'en yersel. That sic a day
shuid brichten the dour stanes o here,
mak it a moment a place o pure licht!
Wha kens whan sicna growthe micht come
f'ae nocht ava, tho barely oor farin?
But yon's a merely human thocht.
Wha'm I tae judge whit fowk are due?
Winnocks o siller and the lift sae blue
and here a moment a place o pure licht.
That's eneuch. Be glaid, forgie aa folly,
ay, e'en yer ain. The chance comes but rarely.

CEASE-FIRE

We skailt oot at the hooter's blaw
intil an 'oor o needfu silence, rest
frae the dump, the dump, the dump, o machines,
rummles o belts, skooshes o steam.
Whit braw it wis, yon 'oor, tho the lugs
dinnilt for a whilie wi the dirdum,
the aiftermath grummle o the shift's assault.
But tae sit an' talk wi nae need tae shout
at each ither; tae ken the simple delight
o silence wharin thochts micht settle
in the wee-bit cease-fire o denner!
Syne the rauch blatter o the fact'ry roared,
the claitter, the pundin,
bombairded us aince mair, and we were back
'in the front line of production'.
(The boss gied us a pep-talk. It fairly
jeed us aa up, I can tell ye.)
The Grand Airmy o siller cans,
uniformed in labels, mairched on, mairched on,
clankit doon in bricht raws and intil their boxes
and on

A CHEENGE IN THE WEATHER

The sun in your een
an' nae frost ava;
I wauken til sang,
e'en f'ae the bleck-throated rauch-noted craw.

Ice aroond the hairt
thowed, that stiff despair,
an' the bricht flow streams intil simmers for aye,
and winter's nae mair.

GAUDY AUMOUS!

My een are open,
my senses vieve,
I cry til the lift
I wad live an' live.

Joy o the warl,
bleeze o the sun,
gaudy aumous,
celebration!

My een are open,
my senses fu
wi joy o the warl
I'd gie tae you

wha hae gien me
sic love I staun
aneath the sun,
a lichtsome man.

AE ROOF

We are only this:
twa fowk aneath ae roof.
Ayont us monie ithers
share a like bield,
mak hoose a moment,
bigg against
rain, cauld, keep oot
for a moment
whit's aye there
and will aye get in,
nae flaw sealed ticht eneuch.

We lie this nicht
aneath ae roof.
Snaw heaps on slates.
We lie thegither,
twa fowk aneath ae roof,
keepin the cauld oot,
the rain, the ice,
for a moment;
we twa oor lane, in love,
alang wi monie ithers,
alang wi monie ithers.

IN SPITE O WHITE LINEN

The orra places we fund in the dairk:
yon cauld shooglie bench at the beach,
the auld air-raid shelter,
the reeshlin shrubs o the windy pairk
whar the midnicht bobby meenistered whiles
wi ferretin torch.
We gart him cherk!

Mair douce noo, ay, yet nae less the langin
I hae for you, in spite o white linen.
A couthie cheenge,
but the nerve lowps tae the stang in
your still uncanny look
and the melled cry burstin f'ae the lowin
bleezes throu dairk!

YOKIT NAE MAIR

Winter's been an' gane.
In the eaves birds bigg
for the life tae come;
aa's unthirlt, yokit nae mair.

This is the moment o the new,
the green 'mang wycer anes that ken
hoo muckle's needed tae thole a winter:
the spriet gaithers til a ticht nieve

an' winna unclench or ease or the cauld
thraws in the tooel, syne airms are raised,
the ring's a crood o back-skelpers duntin
triumph on the strauchtenin spine!

Sae it is noo: the gairden
hotchin aince mair wi bickerin spugs,
bleckie fendin aff inaboot-comers,
throstle howkin, stirrie struttin.

This is the moment o the new,
o things alive aince mair;
winnocks o hooses are bricht wi the sun,
the chokit gutterins cleaned and open.

The day that wis dairk is licht,
the nicht that wis lang is short,
aa's unthirlt, yokit nae mair;
e'en the raspin craw ettles sang

and the sang is the simplest:
joy o the warl! Joy o the warl!
The auld made ower aince mair wi the sun,
amang the cry o ilka thing for life.

SIMPLE MUSIC

My words are simple music,
the dance o vowels, o syllabic
clusters, minuets o consonants.

There's mirth in yon,
the boonce an' lowp o language,
the clash, the greement. There's joy

untethert whiles, lowsed til the birlin
dirdum o verbs, skirlin adjectives,
joukin metaphors atween sets, heuchin

all-licensed fools wha joke tae licht
dairker ends an' winna coorie doon
wi easy wheekin despair. Whit gin God's deid?

Whit gin aa's random? Still we maun mak
a sequence o order, harmonize chaos until
the dance in time or oot's fufilled. Sae

I let words rant an' jig but aye
haud them in final order thegither,
pairtners in glee, mockers o the void

wha in their roar and motion – turbulence
catched yet no smoorit – celebrate and maister,
sing oot o the breath o generations' cry.

AT THE BEACH

The sea's noise in a white shell's lug.
Shairds o partans bruckle aneath
oor dachlin feet at the tide's lip,
amang weed an' twig, rotten floats,
plaistic bottles, cans, the blue-white
mosaic o scrunched mussels; the salmon
nets stilpin oot t'wards the horizon
and gows greetin as we hunkert howkin
eels whar the shed skin o water glistened.
The sea's noise in a white shell's lug
and oor shuin gritty, rauch wi saun
we cairted hame, and mither's skelp
for the scunner o't, and the heid
roarin syne wi dirlin het pain,
hurt bluid's noise in a lug's reid shell.

THE DEEPEST VEIN

Hoo lang the stem o your love
held me safe;
death's cowpit things tapsalteerie:
I cam frae you, noo you're in me.

Gin ocht I've wrocht at bears fruit
you're pairt o't,
at the hairt o't
(tho the warl canna see)

as the deepest vein
o the auldest tree
pooers yet, pooers yet
green buds an' blossom.

OMINOUS ENGINES

Ilka midnicht
a train judders past
and the hoose tremmles.
Hoo lang can the waas haud fast?

Years mebbe a bodie sits ticht
in an auld ricketty biggin
while ominous engines on rigid lines
shudder the riggin

but ae day, ae day, in warl's sicht,
aa micht faa, shocks
rivin til foonds, gantin
canyons for cauld relentless tracks.

MY FAITHER'S HAUN

The waters were aye fu o monsters,
muckle heids wi slaverin jaws
an' bluid-reid tongues as lang's the Tay
wad snaffle a ship swith as a heron
pikes the troot. Oh I kent they were there,
tho I hidna seen them, in the dairk,
in the deeps o the loch, bidin their moment
or wi ae thrust frae the faddoms
they'd up and for a moment I'd gowp
richt intil the face o the warl's terror
afore yon had me doon, squirmin an' skirlin,
intil dreid's lair 'mang the weeds an' ribs.
In dreams I kent them; oot o sleep's ocean
they'd come snarlin or, drookit wi swyte,
near droont in fear, I'd stairtle awake,
greetin, or the touch o my faither's haun
grunded me solidly hame amang truths:
the wardrobe, the chairs, and his cool dry love.

Glossary

Aa, all
abuin, above
acoorse, of course
aff, off
afore, before
ahent, behind
aifter, after
aince, once
airels, musical sounds
airt, direction
allooed, allowed
atween, between
ava, at all
awa, away; also expression of surprise, doubt, contempt etc
ay, yes
aye, always
ayont, beyond

Baa's birst, the, it's all over, a hopeless cause
back-skelpers, back-hitters (blows of congratulation)
bade, stayed
bairn, child
banes, bones
bashit, smashed
begrutten, tear-stained
ben, in
bide, stay
bield, shelter
bigg, build
biggin, building
birlin, whirling round
blatter, loud noise
bleck, black
bleckie, blackbird
blether, to talk (sometimes nonsense)
bleeze, blaze

blinn, blind
boakin, belching, vomiting
bocht, bought
bodie, person
bothie, cottage in common for male-workers
bottler, blue-bottle fly
boued, bowed
brak, break
braw, fine, excellent
breenge, reckless rush
bricht, bright
brocht, brought
bruckle, brittle

Cairted, carted
cam, came
cantie, content
cauld, cold
chark, to grind teeth, complain constantly
cheenge, change
chiels, fellows
claitter, clatter, loud noise
clankit, clanked
cloot, cloth
clorted, dirtied, besmeared, filthy
clout, hit hard
conter, reverse, go against
coos, cows
coulter, plough-blade
coorie doon, crouch down
coorse, coarse, rough, unkempt
couthie, friendly, comfortable
craik, croak
craw, crow (n.); to exult
creesh, fat, grease
crine, shrink
cuist, cast
cushie, stock-dove

Dachlin, hesitating
deid-spail, 'shroud' of candle-grease; death-portent
dichtin, wiping
dinnilt, vibrated, tingled, throbbed
dirdum, great noise, tumult
dirlin, vibrating
disjaskit, forlorn, dejected
doon, down
doonfaa, downfall
doonmoued, miserable
doot, doubt; *I doot* I suspect
douce, gentle, sedate, prudent
dow, dismal
dozent, stupid, foolish
dreep, drip; 'soft' person, pain-in-the-neck
dreid, dread
driech, tedious, dreary
drizzen, low, plaintive sound
drochelt, walked slowly, went reluctantly
drook, soak
drookit, soaked through, saturated
dump, thud
dunted, thudded
dunts, hard blows

Eelies, dwindles
eneuch, enough
ettle, intent; to intend

Fair chief wi, well in with, intimate
fairin, what's deserved
feckless, weak, incompetent
feein, engaging as farmworkers
feenish, finish
feenisht, finished
fidge, fidget
flauntert, quivered with excitement
flech, flea
fleggit, frightened
flindert, fragmented
foonds, foundations
for aye, for always, forever
forlane, forlorn
fortnicht, fortnight

fou, drunk
fowk, folk
fu, full

Gae, go
gane, gone
gant, yawn
gar, compel
gaudy aumous, celebration
gawp, stare vacantly
geckin, deriding, scoffing
gey, considerably
gie, give
gied, gave
gif, if
gin, if
girnin, complaining
gloamin, dusk
glower, glare
gowd, gold
gowk, fool (the cuckoo)
gowp, stare open-mouthed, gulp
gows, gulls
gowst, gust
greet, weep
grue, shudder; facial look of disgust or repulsion
grund, ground
gruppin, gripping
guddle, mess
guid, good
gutsie, greedy, voracious
guts, eat hungrily
gype, a fool; to stare foolishly
gyrthol, sanctuary
gyte, mad

Haar, cold mist (esp. from sea)
haill, whole
haill jing-bang, the whole lot, whole caboodle
haill wey o daein, whole way of behaviour, of life
hairt, heart
hash, a mess, muddle
hain, shelter, enclose
hairst, harvest

happins, clothes
haucher, cough up (and often spit out) mucus
hauf, half
hauflin, adolescent
heelster-gowdie, head-over-heels
heich, high
Heidie, head teacher
heuched, whooped excitedly
hinmaist, hindermost, last
hinna, have not
hirple, limp, hobble
hirstie, dry, barren
hiv, have
hoast, wheezy cough
hoastie, bronchial, wheezy
horniegoloch, earwig
hotchin, swarming
houlet, owl
howe, hollow
howff, inn, "the local"
howkin, digging
hunded, hounded
hungert, starving

Ilk(-a), each, every
ill-gaited, having bad habits, disreputable
inaboot-comers, strangers, new arrivals
insteid, instead
intae, into
intil, into

Jaloused, suspected
jing-bang, caboodle
jinkin, swerving quickly
joukit, evaded, dodged
juist, just

Ken, know
kent, knew, known
kist, chest

Lang, long
lang syne, long ago
laucht, laughed

lave, the, the rest
leam, shine, glitter, flame
leathert, flogged
leid, language
lessen, unless
leuch, laughed
lichtsome, cheerful, released from woe
lift, sky
liggin, lying
Lochgelly, a teacher's tawse, made in Lochgelly
lowin, flaming, blazing
lowp, leap
lowsit, set free, unyoked
lugs, ears
lyper, leper, pariah

Mak, make
mak a kirk or a mill o, make the best of
mane, moan
mauchs, maggots
maucht, strength, might
maun, must
maunna, must not
melled, mingled, conjoined
micht, strength, might
michtna, might not
midden, refuse-heap, shambles
mool, soil for grave
muckle, much
murmullin, murmuring

Nebs, noses
neeps, turnips
neist, next
neuk, corner, nook
nicht, night
nieves, fists
nocht, nothing
nor, than

Ocht, anything, ought
onie, any
oniewey, anyway
oorie, eerie, dismal
oor lane, by ourselves

ootby, outside, nearby
orra, strange, out of the common, shabby
ower, over

Partan, common crab
peanies, pianos
pech, gasp, pant
perjink, neat, finical
pikes, probes, stabs
pit, bed (coll.)
ploiter, messy work, a dirty job, an imposition; to work messily
plunkit, dropped
pooer, power
poud, pulled
powkit, poked
preen f'ae the buckie, winkle out, seek out the truth
prinkit, strutted, walked jauntily
puckle, small quantity
puirtith, poverty
pundin, pounding

Rant, roister, lively tune
raploch, crude, home-made
rauch, rough, coarse
raucle, fearless, boisterous, crude, rough, uncouth
raws, rows
raxin, reaching, stretching out
reek, smoke, smell
reekin, smoking, stinking
reeshlin, rustling
riddelt, riddled, sieved
riggin, roof-rafters
rived, tore
rivin, tearing, riving
roosed, aroused, enraged
roosted, rusted
roostie, rusty
rummles, rumbles

Sain, blessing
sair, sore, harsh
sauchs, willows
saucht, peace, quiet

saut, salt
scunner, to disgust, sicken; something disliked, tedious, annoying
scutter, to work awkwardly; something bothersome
serk-tail, shirt-tail
shair, sure
shairds, shards
shakkin, shaking
shooglie, shaking, unbalanced
shuin, shoes
sicna, such, of such a kind
siller, silver (money)
sinnens, sinews
skailt, scattered
skart, scratch
skelp, strike; area (skelp o grund)
skirl, high cry
skooshes, spurts, sudden emissions
slaister, dirty mess
sleekit, smooth, sly, deceiving
sleekit-doon, smoothed down (with oily substance)
sleeness, slyness
slocken, slake
smeddum, spirit
smirr, fine rain, drizzle
smoort, smothered
snod, snug, comfortable
socht, sought
soor, sour
souch, sigh of the wind etc.
soused, plunged in liquid
stachert, staggered
stairved, starved
stilpin, walking with long strides
stirrie, starling
stishie, uproar
stour, dust, uproar
strauchtenin, straightening
swack, lithe, active
swith, swift
swither, doubt (n and v)
syne, then

Taen, taken
tak, take

86

tapsalteerie, upside-down, topsy-turvy
tattie-shaw, potato-stalk
telt, told
tentie, heedful, aware
teuchent, toughened
teuchter, a rustic bumpkin
thocht, thought
thole, endure, put up with
tholit, endured
thowed, thawed
thrawed, twisted, convulsed
thrum, a tangle; a drumming noise, a croon
tine, lose
tint, lost
tirr, beat, thump
toon, town
traik, trek
tremmlin, trembling
tuim, empty
twist, strong pipe-tobacco

Unhailsome, unwholesome

Vaunty, proud, boastful
vieve, vivid, alive
virr, force, energy

Waement, lament

wae's me, woe is me
warsle, wrestle
wauken, waken
waukrife, watchful, vigilant, unable to sleep
waur, worse
wecht, weight
weel, well
wey, way
wheekin, complaining peevishly, whining
whiles, sometimes
whit, what
whitna, what, what kind of
whummellin, overwhelming (of water) overturning
willa-switches, willow-branches used as whips
wrocht, worked
wyceless, foolish, witless

Yaise, use
yaised, used
yersel, yourself
yirdit, buried, in the grave
yirm, (of birds) chirp, sing
yirth, earth
yoke, burden
youth-heid, adolescence

SOME SALTIRE PUBLICATIONS

J D McClure *Why Scots Matters*	0 85411 039 9	£2.95
Geoffrey Barrow *Robert the Bruce and the Scottish Identity*	0 85411 027 5	£1.00
I B Cowan *Mary Queen of Scots*	0 85411 037 2	£2.50
David Stevenson *The Covenanters*	0 85411 042 9	£2.95
Kenneth MacKinnon Gaelic: *a Past and Future Prospect*	0 85411 047 X	£7.95
Meston, Sellars and Cooper *The Scottish Legal Tradition* (New Ed.)	0 84511 045 3	£5.99
Rosalind Mitchison (ed.) *Why Scottish History Matters* (contribs from Geoffrey Barrow, A A M Duncan, Alexander Grant, Michael Lynch, David Stevenson, Bruce P Lenman, T M Devine, R H Campbell, Christopher Harvie)	0 58411 048 8	£5.99
William Neil *Tales frae the Odyssey o Homer owreset intil Scots*	0 85411 049 6	£7.95

New (Summer 1994) and Forthcoming Editions:

William Ferguson *Scotland's Relations with England: a Survey to 1707*	0 85411 058 5	£12.95
Paul Scott *Andrew Fletcher and the Treaty of Union*	0 85411 057 5	£12.95
Paul Scott *Walter Scott and Scotland*	0 85411 056 9	£7.99
David Stevenson *Highland Warrior: Alasdair Mac Colla and the Civil Wars*	0 85411 059 3	£12.95
David Daiches *Robert Burns, the Poet*	0 85411 060 7	£12.95
Alwyn James, *Scottish Roots* (New Edition)	0 85411 066 6	£5.99
Thorbjörn Campbell *Standing Witnesses*	0 85411 061 5	£15.99

*   *   *

Complete list (and details of Saltire Society membership etc.) available from the Saltire Society, 9 Fountain Close, 22 High Street, Edinburgh EH1 1TF